KB197618

눈
물
꽃

눈물꽃

심순덕 지음 · 이명선 그림

니들북

삶에서 진정으로

나보다 가난하고 약하고 소외되고 가엾고 불쌍한 이들을 위해

기도합니다. 불치병에 죽어 가는 어린 생명들,

기아로 죽어 가는 어린아이들, 참척을 당한 세상의 부모들과

무고하게 죽어가는 억울한 생명을 위해 기도합니다

성당에서 미사 때마다 드리는 제 기도의 끝부분입니다.

삶의 한 모퉁이에서 숨어 우는 사람들과

사는게 너무 버거워 등이 휘는 사람들

가슴에 슬픔 하나씩 끌어안고 사는

그 모든 사람들과 울다가 눈물꽃을 피우고

웃다가 웃음꽃을 피우고 살아갈 날이 짧은 우리처럼

그리움의 꽃을 피워 나가고 싶습니다.

참, 고맙습니다

2024년 10월 24일,

이날은 '엄마는 그래도 되는 줄 알았습니다'를 쓴 지

25년 되는 날입니다.

세느강을 닮은 강가 오래된 아파트 2층 베란다에서

심순덕 씀

또다시 심순덕과 손잡아 주신

황민호 대표님께 깊이 머리 숙여 감사드립니다

2
장

웃음꽃

3
장

그
리
움
꽃

1
장
●
눈
물
꽃

눈물꽃

눈물엔
씨앗이 살고 있나 보다
좀처럼 사그라들지 않는
내 눈물엔
좁쌀 닮은 씨앗이 살고 있어
아무 때나 또르륵 싹을 틔운다

시도 때도 없이 꽃을 피워 우는
그 눈물꽃은 언제까지 살까
사라지길 기다리면서도
그저 함께 울 수밖에

나와 함께 살고 있는 꽃

눈 물 꽃

계절도 없이 피어나는 꽃

눈 물 꽃

눈물꽃은 흙에서 살지 않는다

슬픈 내 가슴에서 싹을 틔운다

오늘도 피어 나는 눈.물.꽃

엄마

옹알이로 처음 시작되어진 – 이름
불러도 불러도 그리운 – 이름
한마디 말 없음에도 충분히 수다를 떤 –
힘들 때면 더욱 생각나는 – 이름
내겐 늘 눈물이던 – 이름

… 엄 마 …

바람도 우는게야

걸었어

울면서 걸었어

그 때

솔솔 불던 바람이

와락 안기는 거야

촉촉했어

비를 품고 있던 바람도 울고 있었나 봐

우린 함께 울었어

잠시, 먹먹했지

사는 게 다 그래

......

아마 바람도 우는게야

슬픔이 내게로 걸어왔다

뚜 벅 뚜 벅
이때는 몰랐다
눈치도 없고 심각하지도 않았다
발걸음의 간격이 큰 탓이리라

뚜 벅 뚜 벅
이건 뭐지?
마치 맞지 않는 옷을 입은 것처럼 불편하다
속이 부대낀다

뚜벅뚜벅
어느새 내 속을 파고들어
무허가 장기투숙을 하고 있다
핑계도 대 보고 변명도 해 보지만
내 잘못을 깨우치려는 듯
마구 휘두르는 슬픔들

울지 말 것… 울지 말 것…
하얀 이별에도 속없이 웃을 것
나를 탓해도 그냥 웃을 것
그리고 버틸 것

시간은 또 그렇게 흘러가고
나이는 또 그렇게 들어가고
언제 그랬냐는 듯 허허로이 살다가
뚜벅거리며 슬픔은 또 나를 찾아오고
익숙함 속에서 우리는 하나가 되어
뚜벅뚜벅 내가 슬픔 속으로 걸어간다

큰언니 – 마지막 만남 –

파킨슨과 치매로 요양원에 있던 큰 언니
주루룩 널린 빨래를 보고
주루룩 울었다
어느날
급하게 중환자실로 옮겼다고
(아! 언니…)
"보고싶어 하시는데 왜 안 오세요" 도우미의 그 말에
강릉행 버스에 앉아 운다
산소마스크 쓰고 호스로 영양주사만 들어가는 언니
마른 입술로 웅얼웅얼 힘들게 내뱉던 그 말
"순덕아, 보고싶었어 보고싶었어 보고싶었어"
아 –
가슴이 내려앉는다
세상이 무너진다

이제 간다고

담에 또 온다고

손을 잡고 또 잡고 이별을 하는데

언니 손 냄새가 계속 따라 나선다

춘천행 버스 안에서도 언니 손 냄새가 난다

그 어눌한 "보고싶었어"는 나와 함께 앉아있다

큰언니

그토록 나를 아끼고 챙겼던 큰언니

다음 약속을 하루 남긴 채 하늘로 떠난 언니

그 아픔이 봉숭아물처럼 그립고 진하다

영성체

성체를 영하고 나면
괜스레 눈물이 난다
하나라는 일치감
다 안다는 위로에
울컥 올라오는 눈물

나, 힘들었어요
말하지 않아도 다 알고 있는
가슴 밑바닥에서 올라오는
따뜻한 그 무엇에
울고 또 운다

세상사 서글프고 쓸쓸하다가도
성체를 영하고 나면
그래, 다 그런 거야
하느님 섭리안에서
점처럼 작아지는 나
새처럼 가벼운 나

그 냥 운 다

못

가슴에 박힌 못 하나
조금씩 조금씩 박히고 있었지만
뺄 수가 없었던 그 못
빼려고 애를 쓰면 더 깊이 파고 들던
나와 함께 살겠다고 꼭꼭 박히던 못
아파서
하 – 아파서 울고 또 울었지만
이제는 나를 잡아주는 못
내 가슴속 중심에 박혀서
더욱 꿋꿋하게 버티고 살게 해주는 못
아마도 이 세상 끝날에 함께 가야 할
내 눈물의 또 다른 이름 못…

착각

애초에 내 편 같은 건

없었는지도 모르겠다

그런 줄 착각하고 살아온 거겠지

그래서 이렇게 아픈 걸거야

좋았던 시간들은

다 어디로 간 것이며

짠하고 마음 졸였던 시간은

그렇게 아무것도 아니었나

이대로 좋은가

이래도 좋은가

자

꾸

만

눈물이 난다

내 마음 닮은 삭은 나뭇잎

엎디어 울고 있다

슬픈 하루

생
선
가
시
처
럼

목에 걸린 그리움

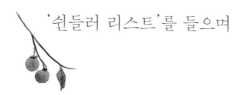

'쉰들러 리스트'를 들으며

나 나 나 나
　　나 나 나 나

누구든지 나와 함께 살게 해 주오
내 목숨을 저당 잡혀서라도
그를 살게 하고 싶소
어두운 밤 서러워 그대 눈을 감고
흘릴 눈물조차 얼어붙은 날들이여
오지 않을 봄처럼
거꾸로 치닫는 바람따라
하나, 둘
하늘에 별이 되누나

슬픈 가을 7

요즘 든 생각!
슬픔이 눈사람이면 좋겠다는…
녹고 녹아서 물처럼 흐르면
슬픔도 없어질 것만 같아
그렇게 흘렀으면 좋겠다
누구나 지고 가는
크고 작은 십자가처럼
가슴 한 켠 나와 살고 있던
슬픈 눈사람
겨울이 오기 전
가을 중간 쯤에
너와 이별하고 싶다
슬픈 눈사람아 안녕.

손수건에 수를 놓다

언제 한 번
예쁘게 치장해줬던가

언제 한 번
제대로 고마워한 적 있었던가

내 설움에 겨워 울 때
함께 울었던 너를……

새삼 미안함으로
한 땀 한 땀 사죄를 해본다

그렇게 나는
－손수건에 수를 놓다－

산다는 건 5

산다는 건 꽃이다
       바람이다
       노래다

이 세상에 꽃으로 태어나
산중턱에 고해를 하듯 슬프게 엎딘
한 송이 꽃이어라
       꽃이어라

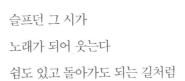

바람이 분다

누군가 울고 있다

슬픈 그림자 끌고 휭하니 부는

서글픈 바람이어라

　　　　바람이어라

슬프던 그 시가

노래가 되어 웃는다

쉼도 있고 돌아가도 되는 길처럼

다시, 춘천역에서

"정원아. 잘가"
"응, 엄마"

이 말이 왜 이리 짠한가 말이다
둘이 꼭 껴안고 한참을 등 토닥이며 울먹거린다
집이라고 오면 별것도 아니건만
그저 엄마가 해주는 집밥 몇 끼 먹고
다시 서울로 올라 간다
분홍색 트렁크에 짐을 꾸린다
계절 바뀌는 옷가지며 책 몇 권
멸치볶음, 무 장아찌 무침, 오이소백이
카레밥용 감자 세 알, 양파 3개
틈이 있으면 사과도 몇 개
구석구석 넣을 수 있는 한 넣어 본다
20kg가 넘는 여행용 트렁크를 들고
itx시간에 맞춰 계단을 뛰어 오르는 딸에게

"너는 특전사 가도 되겠다"
싱겁게 내뱉던 그 말이 아프다
십수 년이 지난 지금
춘천역을 지나다 보면
춘천역 앞에서 낙엽처럼 나뒹구는 감자 몇알, 양파 몇 개
눈물 그렁한 내 눈에만 보인다
느닷없이 그때가 그립다

감실 앞에서

감실 앞에 나아가
조용히 무릎을 꿇고 앉으면
한동안 무거운 침묵만 흐르는데
난 왜 그리도 우는 건지……
- 그래, 나다 -
- 내가 다 안다 -
나를 감싸는 그 위로에
울컥!
부대낀 시간들이 마구 올라온다
감실 앞에선
내가 죄인인 것도 잊어버리고
마냥 응석을 부려본다
맘껏 울어도 본다
감실 앞에서 나는-
점점 작아지다
이내 감실 안으로 들어간다

2015년 11월 어느 하루

잠시,
따뜻했었지
네가 다녀간 그 이유만으로

봄부터 쓸쓸했어
13년을 보고 살았던 그 사람이
퀭-한 모습으로 떠났어
바라보기도 쓸쓸했던 그 시간들
딱히 할 게 없던 나는 그냥 울었어
가슴에 눈이 내리더라

여름에도
여름에도
하염없이 추웠어
작년 여름 딸을 떠나보낸 에미의
 사그라든 그 어깻죽지에

따스하게 손을 얹어봤어
딱히 할 게 없던 나는
울면서 詩 한 편 써줬어
가슴에 비가 내리더라

그래도 쓸쓸했어
하염없이 추웠어

어떡할지 몰라 애를 태울 때
눈물이 앞을 가려 길을 잃을 때
가슴이 뻥 뚫려 바람이 드나들 때
딱히 할 게 없어 울기만 할 때

니가 와줬어
내 손을 잡아주고
내 등을 토닥여줬어
나는 늘 혼자였어
외롭고 쓸쓸했어
가슴에 내리던 그 눈이

가슴에 내리던 그 비가
잠시 멈췄어
네가 다녀간 그 이유만으로
참, 따뜻했어
잠시나마-

어느 날

쓸쓸한 밥 한공기
슬픔 한 숟가락

목에 걸리다

십자가 언덕

누군가 함부로 뱉어낸 말들

민들레 홀씨처럼 상처로 날아든 삶의 무게를

배낭에 준비해 간 자그만 십자가와 함께

슬며시 그곳에 내려놓는다

순례자의 엄숙함으로

나그네의 통회로

십자가 언덕은 침묵 속에서 울고 있다

내 발길이 닿을 때마다

죄의 무게로 조금씩 땅은 꺼져내리고

나는 도리어 가벼워지려한다

1kg 줄어든 내 육신처럼

솜털만큼 가벼워진 내 영혼처럼

인간의 죄를 대신하여 보속을 하던

저, 저 십자가 언덕을 뒤로 하여

노을빛에 취해 붉어진 얼굴로

뒤돌아보고 또 뒤돌아보며 이별을 하고

셀 수 없이 많은 십자가 무리

뒷걸음질 하던 나를 위로하며– 손을 흔들고

비 내리는 오늘도 아무 일 없다는 듯

그렇게 또 보속을 하리라

리투아니아!! 그곳에서

시인이 시인에게

"울지 마라
외로우니까 사람이다"라고 쓰신
정호승 시인님
그래도 울고 또 웁니다.

공연히 오지 않을 전화를 기다리지 말라구요
그럴 줄 알면서도
만지작대며 자꾸 쳐다봅니다

인간은 누구나 외롭고 쓸쓸하대서
그나마 얼마나 다행인지요?
나만 외롭고 쓸쓸하다면
힘에 부쳐 살아갈 수 없을 것 같아서요

고독을 자처하던 젊은 날들이 아련한 날

별이 쏟아질 것 같은 밤하늘과

기운달이 그리운 오늘

엄마가 보고파서 그냥 웁니다

엄마는 ……

자식의 몸짓에 웃음 짓는 사람
자식에겐 늘 죄인으로 사는 사람
그리움이 때처럼 묻어있는 사람
등 뒤에서 슬픈 눈물짓는 사람
끝까지 내 편인 단 한 사람
그런 사람 그런 사람 엄마

2장 ∙ 웃음꽃

웃음꽃

웃어서
잘 웃어서 저절로 피어나는 꽃
나의 정체를 대변해주는 웃음꽃
목젖이 보이기도 하고
뒤로 젖히며 웃어 제끼는
그 모양새를 좋아라 한다
마음 놓고 필 수 있는 꽃
울다가도 웃는 내게 하나만 하란다
어쩌면 저 밑바닥에서부터 올라 오냐고
펌프에서 길어 올리는 물처럼
시원스레 피어나는 웃음꽃
주변을 밝게 하는 그 에너지로
살아있음을 확인시켜 주는 웃음꽃
한아름 선물 같은 좋은 꽃, 그 꽃
웃음꽃

오늘, 지금

창밖엔 비가 오고요

구름은 완전 회색 빛

내 마음은 조금 우울하고요

가슴 한 구석은 슬프기도 해요

금처럼 거미줄이 가로지르고

거기엔 하루살이 몇 마리 죽어 있어요

새가 와서 앉아요

새끼 먹일 먹이 찾아서

다들 열심히 살고 있네요

그걸 보던 나도 시를 쓰고요

오늘, 지금요

시인의 하루

기도하오니 주여!

하루를 주십시오

제게 하루를 주십시오

오롯이 몸과 마음 다 풀어헤치고

詩만 생각할 수 있는 날

하루를 주십시오

감실 앞에서

당신만 생각하던 그 긴 시간처럼

詩만 생각할 수 있는 하루를

그런 하루를 선물로 주옵소서

그 무언가에 내 마음 다할 수 있다는 건

살아있다는 그것

살아간다는 그것

사랑한다는 그것

기도하오니 주여!

오롯이

시인의 하루를 봉헌하게 하소서

아-멘

세렌디피티 serendipity

들어본 적 없던 단어가

어느 날인가 내 삶 속으로 들어왔다

계획한 적 없이, 뜻하지 않게

새로운 무언가를 발견하고

가슴 벅차오르는 감성 충만한 시간에 빠졌다면

그것이 그것이다

우스갯 소리로 '가가 가다'

그렇게 처음 접했던 세렌디피티가

서서히 내 삶에 스며들었다

우연히 접하게 된 세렌디피티는

내겐 하나의 사건이다

사랑의 섬

커피포트에 물을 끓인다.

……

이제, 너를 위한 시간표를 살기 위해
내 위주의 일들은 잠시 접어두기로 한다.

조건없는 사랑의 섬에 세든지 오래
너를 위해
그늘이 될 만한 나무 한 그루
그 아래 앉아서 쉴 수 있는 벤치 하나
네게 읽어주고 싶은 한 권의 시집
그
리
고
네가 오는 길목에서 마중하기

……

커피 한잔 마시다.

봄의 속삭임

봄이 오듯이 내게 아가가 옵니다
수정처럼 맑은 얼음장 밑으로
아주 작은 물고기 몇 마리…
수런수런 시냇물 소리
맑게 퍼지는 햇살에 한 뼘 키도 큽니다
아가의 이름도 지어보고
얼굴도 그려보면서 마냥 설레고 기쁜 맘으로
가슴 벅찬 기다림에 젖어듭니다
열 달 동안 잘 견디어 내자고
새끼손가락 걸고 웃어 봅니다
겨울을 이긴 새싹들이 하나, 둘
앞다투어 올라옵니다
엄마밭에 뿌리내린
작고 여린 아가도
봄처럼 아장아장 걸어옵니다

봄비 오시는 3월 어느 날 오후에

하늘인지 강인지

안개속에서 경계는 무너지고

베란다 창에 구르는 빗물이

마치 내 눈물 같아 자꾸만 눈치를 봐요

똑똑!!

내 스무살이 기웃거리고

훌쩍 건너 온 세월 저 편의 기억이

저만치서 울고 있네요

봄비 오시는데…

3월의 어느 날 오후가 추억으로 가고 있어요

봄산

봄산이 수상하다
두런두런 마을 이야기로 온 산이 들썩인다
한쪽에선 환희의 출산을 하고
다른 쪽에선 딸아이의 결혼식이 한창이다
저마다의 기쁜 일 축하 할 일들로
온 마을이 잔치다 온 산이 축제다
물감을 풀어 놓은 것 같은 봄산은
그야말로 축제장이다
봄산은 그렇게 나처럼 미쳐가고 있다

1월 - 흰색

밤새 눈이 내리고

아무도 가지 않은 뽀얀 눈 위를

첫 발을 내 딛어야 할 때의 주춤거림

혹은 설레임

그 마음처럼

새해의 계획을 적으려다

새 달력 위에서 멈칫거린다

글씨가 미울까

달력이 지저분해지는 건 아닐까

잠시 망설이다 1월 1일 날짜 밑에 한 줄 적는다

이내 지저분한 느낌

망친 후에 오는 편안함

2일부터 막 - 적는다

사는 것도 그랬다

알차게 계획 세우고 잘 해 보려다가

어긋나고 나면 에라 모르겠다

세상 어디 내 맘대로 되던가 말이다

2월 – 회색

잘 해 보려던 1월은
흐지부지 지나갔다
새삼 뭔 계획을 세운담?!
그냥 저냥 흘러가는 대로 살아가자
그래도 입춘이 있고 봄이 온다는데
그 위대한 봄이 온다는데
무슨 말이 필요한가 말이다
나 혼자 봄맞이 주간을 보낸다

3월 - 노랑

짧은 2월을 대충 흘려보내고
다시 희망을 품는다
새 학기가 시작되고
아이들 발걸음이 통통거린다
시간 맞춰 갈 곳도 없고 갈 일도 없는데
괜스레 출근하듯이 옷을 입어 본다
싹 - 차려 입고 쓰레기를 버리고 왔다
쓰레기는 시작의 마무리 아니겠는가
진정 소홀히 할 수 없는.

4월 − 겨자색

괜히 그런다

4월은 잔인한 달이니 뭐니

대개 사람들이 4월에 이별을 했느니

사기 당한게 4월이니 하며

4에 대해 부정적이다

그러지 마라

4월은 오지게 봄을 불러온다

푸릇 푸릇 싹이 돋고 달래 냉이 지천이다

쑥을 뜯어 쑥버무리도 해 먹고

쑥개떡도 해 먹는다

풍성한 4월이다

우리는 봄이라 말하지만.

5월 – 핑크색

핑크핑크한 달
계절의 여왕 5월이다
5월엔 결혼기념일이 있어 설레고 벅차다
지지고 볶고 피 터지게 싸운 날을 보란 듯이 기념한다
나 혼자 정한 규칙
5월엔 무채색 옷을 입지 않고
밝은색으로 입는다 특히 핑크색으로…
발걸음 한결 가볍고
기분은 아주 좋아진다
눈물도 진주가 되게 하는
5월의 특권이다

6월 – 초록색

연두색 녹색으로 부족하다
초록, 진초록의 숲으로 간다
숲속 공기마저 초록색일 것만 같은
저절로 심폐소생이 되는 6월이면
나라를 지키다 죽어간 핏빛 청춘이 아프다
가슴속 깊은 인사로 6월을 보낸다

7월 - 바다색

바다가 보고 싶은 싱그런 7월이다
하늘색도 부족할만큼
짙푸른 바다를 떠올리게 하는 파란 7월이다
안되던 일도 될 것만 같고
두 팔 벌려
한아름 하늘과 바다를 껴안고 싶은 달이다
오! 7월.

8월 - 주황색

여름과 가을 사이
여름을 보내야 하는 달이면서
가을을 맞이하는 8월엔 딸을 낳았지
며칠 모자라 9월이 되지 못한 아쉬움으로
이른 가을이라 말했었지
가는 사람 오는 사람
한 숨 쉬어 가는 벤치 같은 8월은
간이역이다

9월 - 보라색

가을이라 말한다

조금씩 외롭고

조금 더 쓸쓸해질 것이다

유난히 가을을 좋아하는 난

이때부터 침묵 속으로 빠져든다

말이 시끄럽고 사람이 싫어진다

그렇게 고독 속으로 잠기며 고립이 된다

보라색 그리움이 새싹처럼 쑥-쑥 올라 온다

진정 나로 살며 나를 만난다

10월 – 단풍색

김장김치처럼 잘 삭은 가을은
꽃보다 예쁜 단풍을 낳고
물감으로 표현 할 수 없는
색깔을 내보이며 엄지 척!이다
'10월의 어느 멋진 날에' 노래를 흥얼거리며
나는 생일을 만끽한다
한 쪽 가슴에 콕 박힌 그리움은 슬쩍 모른 체
좋다, 멋지다를 외쳐대는 10월
삶의 무대 뒤에서
혼자 울어도 좋을 만큼…

11월 – 베이지

쓸쓸함이 깊어서 무겁다
더욱 말이 없어지는가 하면
조금은 점잖기도 한
노년의 중후함이 있다
베이지톤 가디건이 잘 어울리는 11월
그리움을 꺼내지 않아도
청춘이 그립고 사랑이 그립다
돌아갈 때를 생각하며 더욱 쓸쓸한데
cafe '11월에'가 생각난다
우리는 자꾸 11월로 가고 그 속도로 살고 있다

12월 - 크리스마스 색

1월부터 11월까지를 무색하게 만든다

언제 쓸쓸했냐고

언제 슬펐냐고

아무것도 묻지 마라 white christmas!!

남녀노소가 따로 없고

종교의 구분이 없는 크리스마스다

그동안의 안좋았던 일들도 별일 아닌 듯

올해 잘 마무리하고 새해 복 많이 받아 happy new year

그렇게 또 1년 열두 달을 열심히 살아간다

　　　　　안녕 안녕.

3장  그리움꽃

그리움꽃

하 - 그리워 꽃이 핍니다
보라색으로 핍니다
단연코 보라색은 그리움의 색
쓸쓸히 그립습니다
서걱대는 그리움은
가슴 속 밑바닥에 집을 짓고 삽니다
꽃대가 올라오며
서글픈 보라색 꽃을 피웁니다
그 꽃을 그리움의 꽃이라 불러 봅니다
누구나 한 송이쯤 피웠을 그 꽃
한다발 엮어 창가에 걸어 둡니다
아득히 그립습니다
보라색 그리움의 꽃으로 걸어갑니다

無

비로소 자유롭다
애착과 집착의 끈을 놓으니
無! 그 무엇도 없다
나조차 바람 속으로 사라진 지금…

돌아오는 길

이 세상 꽃 한 송이도
내 것으로 하지 않으리
떠나는 그대 보내고
돌아오는 길
이 세상 단 한 사람도
내 안에 가두지 않으리

소유하려는 것이
얼마나 큰 고통인지
하늘을 내 안으로만
흐르게 할 수 없으니
집착의 손을 놓으리
이 세상 꽃 한 송이도
내 것으로 하지 않으리

당신 2

내게 늘 함부로 말하는 당신

삐치고 토라지면 개그로 웃겨 주는

헷갈리는 당신

때로는 모르는 사람보다 더 멀고

남의 편이어서 남편임을 알게 해 준 사람

느닷없이 전화를 걸어

부부가 뭐 이러냐고

통화한 게 너무 없다며

쓸쓸해 하던 당신

뜬금없이 1234를 문자로 보내 오고

엄지 손가락을 치켜올리던 사람

밤이면 캥거루처럼 나를 품고 자는 당신

그런 당신.

* 1234 보고싶다의 암호
예전에 본 인간극장에서 스님 아버지와 아들이 숫자로 주고 받던
암호를 우리도 따라해 봄

내 작은 방에서

거실에선 항상 TV소리가 들려
아빠는 소파와 한 몸이 되어 리모컨을 놓지 않아
주방에선 엄마의 밥 짓는 소리
애타는 마음이 보글보글 끓어나고
밤낮이 바뀐 시간들이 나를 더욱 멀게 하지
새벽이면
아침 하러 일어나는 엄마와 잠자려는 내가 만나
화들짝 놀라기도 여러 번
문틈 사이로 새는 불빛에 잠들었나 확인하던
엄마 눈에
토끼 눈으로 컴퓨터 게임하는 나를 보면
한심하기도 했겠지
동생이 말해줬어
엄마, 오빠는 이제 저녁인 거야 늦은 저녁
자기 전에 게임 한 판 하며
하루를 쉬느라 그런 거라고.

엄마의 큰 이해를 바라진 않았지만

그래도 조금 더 이해하게 된 걸 알아

나만 빠진 가족들의 여행에도 어쩔 수가 없었어

음악을 하면 배고프다고 안정된 직업을 갖길
바라던 아빠

찬밥을 먹어도 라면을 먹어도

진정 하고 싶은 걸 하라던 엄마.

그 사이에서 나는 점점 깊이 빠져들었어

아빠. 양복에 와이셔츠에 넥타이 메고

아침 9시에 출근하고 6시에 퇴근해요

그게 아빠가 얘기하는 안정된 직장인가요?

나는 아빠. 음악작업 할 때 가슴이 뛰어요

가슴이 벅차다구요. 그래서 이걸 해요.

내 작은 방에서 햇빛도 가리고 달빛도 가린 채

책상과 컴퓨터와 의자와 공책과 펜과 꿈을

나의 20대를 송두리째 흡수한 내 작은 방.

그 방에서 오늘의 내가 되다.

니 똥 굵다

그 말이 뭐 그리 어렵나
빠르게 인정하고 끝내면 될 것을
지혜롭지 못한 어리석은 인간세상
다 물어뜯고 할퀸 후에
화딱지 나서 내뱉는 말
그래
니 똥 굵다

자작나무 숲에서 마음을 들키고

산책길에 만난 자작나무 숲에서

난 그만 길을 잃었다

아무렇게나 던져진 그 말이

함부로 내뱉었던 그 말이

부메랑처럼 내게 날아오는 걸

자작나무 숲으로 용케 피해 다녔다

이별이라 말하지 않아도

나에게 등을 보인 그 사람

애써 변명도 해 보고

핑계도 대 보지만

난 그저 죄인일 뿐

복화술 같은 독백만 늘고 있다

봄은 오는데…

하염없이 꽃은 피는데

후두둑 자작나무 숲에서

후두둑 내 마음은 울고 있다

계획도 없이 자작나무 숲에서 마음을 들키고

나, 그렇게 회색빛으로 서 있었다

용산리 130번지

청춘이라 불리던 그때!

스물하고도 하나 둘 셋……

용산리 130번지

토요일 밤. 교교한 달빛 아래

야간스키를 즐기곤 했었지

한껏 고독한 스키어로 리프트를 타고 오를 때

나를 감싸던 팝송은 마치 연인 같았어

징검다리 같은 세월이 흐르고

이젠 그때의 팝송도 나처럼 늙어버렸나

늘어난 고무줄 바지처럼 지익-직

뼈마디 쑤신 신음을 토하는데…

하, 아득한 추억으로 자리잡은

Yes, 평창 용산리 130번지.

나를 시인으로 키운 내 고.향. 땅!!

그 길

먼 — 먼 길이 있어
인생이라고 불리우는
그 길 위에서
우린 많이 뒤엉켰지
그때마다 생겨난 뿌리가
단단하게 우리를 지켜 주고 있음을 눈치챘을 때
노래 제목처럼 60대 부부가 되어 있었지
어리석음 속에서 지혜를 배우고 살아
나이만큼 철이 든다는 그 말을 알아 차리고
되돌아보면 온통 아쉬움과 쓸쓸함이
갈대숲처럼 울고 있더라
서로 기대어 사람 人자로 섰을 때
둘이 합쳐져 비로소 한 사람 몫으로 살아감을
가까운 데 글씨를 못읽는 나
먼 데 글씨를 못 읽는 너
동행해야만 하는 이유가 되어버린
그 길 위에서 오늘을 살아 낸다

나는 70점짜리로 살고 싶다

애초에 그다지 욕심은 없는 편이다

넘치는 것보다는 부족한 게 좋아

70%로 살고자 한다

냉장고도 70%만 채우고

다른 물건이나 폰 연락처 등

자주 정리해가며 30%의 여백을 즐긴다

그 맛이 참 좋다

첫째가 아니어도 좋고

완벽하지 않아도 좋다

조금 뒤쳐져 앞사람이 낸 길을

따라가는 편안함과 구시렁대지 않아도 좋을 만큼

보통으로 살고 싶다

비범보다 어려운 게 평범이라 했거늘

그냥 그렇게 부족한 듯

나는 70점짜리로 살고 싶다

가을로 오는 당신

주름 깊은 얼굴에서

어릴 적 우리가 알던

아버지가 보일 즈음

어르신이란 다른 이름으로 살고 있는

당신이 쓸쓸해 보이는 건

나 또한 쓸쓸한 허기를 달고 사는

60대라 그런 것 같소

젊은 날들에 대한 아쉬움과

안타까움이 교차할 때

까르르 어리던 자식들은

그때의 우리보다 나이가 더 들어서

자꾸만 그때로 돌아가는 나를 만나곤 해

어느 누가 나 잘살았다 후회없다

말할 수 있겠냐마는

왜 자꾸 뒤돌아보며 사는지 …

아쉬움만 꾸역꾸역 슬픔으로 차올라

숨 고르기 힘들 때

그대 저만치 가을로 오시는데

스윽 눈물 훔치며 마중 가오리다

이사

짐들은 이삿짐 차에 실려 왔고
나도 그곳을 떠나왔는데
마음은 어느 곳을 방황하고 있는지
통 – 올 생각이 없는 듯하다
언제쯤
온전한 이사를 할 수 있을까…?!

화장실에서 詩를 쓰다

하늘에 별이 많은 건
죽어간 사람이 많기 때문일 거야
그 중에 더 반짝이는 별은
독립운동이나 민주화 운동을 하다 간
정의롭고 의리 있는 사람들의
영혼이 빛을 내기 때문일 거야

어릴 적,
숨바꼭질 하다 반딧불이 불을 떼어
눈에 붙이고 좋아라 뛰어다니던 그때처럼
더러 아프지만 별을 보며 기도해야지
누군가의 아버지고 어머니며
누군가의 아들이고 딸이여
나를 죽이며 살려 낸
피 흘린 조국 대한민국이여!

바람 설렁이는 이 아침
화장실에서 詩를 쓰다

지금, 내 곁에 있는 것들

지금, 내 곁에 있는
내가 혼자가 아니란 걸 알게 해 주는
또는, 살아 있다는 것을 느끼게 하는
그런… 것들

세라가 직접 농사 지었다며 보내 준
호미 자국난 감자 한 박스
생일 선물이 늦었다며 지인이 퇴근길에
덕두원 가서 사온 사과와
덤으로 따라온 파치라 불리는 못난이들
내 시를 격려 해 주시던
어느 노 시인이 보내준 시집 한 권
성당에서 가져 온
- 유럽여행 가고 싶다 - 라는 달력 속에서
몇 년 전 여행했던 짤츠캄머굿 할슈타트를 만나고 울컥,
가슴 벅찬 악수를 했다

그리고 지금, 내 곁엔
시 쓴다고 긁적일 때 쓰는
집게로 집은 이면지 한 묶음과
써도 잘 보이지 않는 돋보기와
되게 빨리 닳기만 하는 0.5mm 수성펜이
그저 조금 시인인 척
나와 함께 있다

그뿐인데
가을처럼 여유롭고 넉넉하다
그저 따뜻하다

육잠 스님

천진난만한 소년 같은 얼굴에
정갈하기 그지없는 방과 부엌
몇 가지 안되는 밥상을 차려 놓고
싱겁게 웃는 사람

깔개 천조각에
생선 한 마리 수를 놓고
심심치 않게 밥을 드신다며
허허실실 웃는 사람

조각난 창으로 얼굴을 내밀고
어릴 적 배웠던 가곡을 부르며
해바라기처럼 웃는 사람

아침이면 햇빛 세수를 하고
돌부처와 마주 보며 대화 하는 그런 사람

자신의 다비목을 준비해 놓고
마지막 가는 길에서조차
남에게 피해 주고 싶지 않다며
쑥스럽게 웃을 줄 아는
텅 – 빈 큰사람

슬픈 가을 11

가을이라 했던가요?
산책길에 만난 기다란 사마귀가
힘겹게 걷다가 이내 쓰러진다
어릴 적 좋아했던 잠자리도
날지 못하고 그 옆에 눕는다
사는 게 뭐 별 건가
우리도 저렇게 스러져 갈 것을
가슴저리게 부대낀 그 시간들이
단풍처럼 곱게 삭아 들 때
차마 못다한 말 가슴에 품고
이 한마디 남기고들 갑디다
미안하다 고맙다 사랑한다
그렇게 가을처럼 뒷모습을 보이며 안녕…!!

위로

사람만 위로가 되지 못하는 어느 날

바람이 분다

컴퍼스같은 반달이

빛바랜 사진처럼

덩그러니 하늘 한 켠에 소품처럼 떠 있다

찬란한 적이 없는 어느 인생처럼

나그네의 외로움도 깊어 처절한데

골 깊은 산속 물소리

나지막한 백뮤직으로 일으켜 세우고

다 그런 거라고

울지 말라고

품 안에 꼭 안아주던

따뜻한 그 위로

비 내리는 빈에서 - 상념 2017 -

볼프강 아마데우스 모차르트와 사운드 오브 뮤직을 만난다

달리는 차창에 가로수 같은 비가 내리고

앞자리에 앉은 남자의 옆 얼굴에

사느라 참 애쓴 주름이 훈장처럼 빛난다

때마침 백지영의 '총 맞은 것처럼'이

빗줄기와 함께 세차게 나를 때린다

구멍난 가슴에 눈물이 빠져 나온다고

얼마나 많은 일들이 있었던가

살아보면 어느 날 아무것도 아님을 알게 된다

내 젊은 날이여… 철들어간다는 거 어른이 된다는 거

늙어간다는 거 살아낸다는 거

쓸데없이 많은 생각을 하는 오늘, 지금 이 시간

젊은 날을 감싸 안을 수 있는

껍데기가 된다는 거, 그거!!

오다 길 잃죠

내 시를 만나러 오시는 이여
조심해서 잘 와요
고마움으로 기다립니다

나를 만나러 오시는 이여
조심해서 잘 와요
감사함으로 기다립니다

내 시를 읽으면

눈물이 난다고

그게 뭔지 다 안다고

쉽게 읽히고 걸리는 게 없다고

누구나 쓸 수 있을 것 같다고

그러나 정작 첫 한 줄도 쓰지 못하겠더라고

나와 내 詩를 만나러 오는 그대들

길 잃지 말고 잘 와요

우리의 삶이 그러하듯

살다보면 오다 길 잃죠!!

엄마로 산다는 건

엄마로 산다는 건

서글픔이다
기다림이다
애끓음이다
가
끔
은
한번씩
웃기도 하지만

엄마로 산다는 건
눈물 밴 기도이다

그리고

엄마는 그래도 되는 줄 알았습니다

엄마는
그래도 되는 줄 알았습니다
하루 종일 밭에서 죽어라 힘들게 일해도

엄마는
그래도 되는 줄 알았습니다
찬밥 한덩이로 대충 부뚜막에 앉아 점심을 때워도

엄마는
그래도 되는 줄 알았습니다
한겨울 냇물에서 맨손으로 빨래를 방망이질 해도

엄마는

그래도 되는 줄 알았습니다

배 부르다 생각없다 식구들 다 먹이고 굶어도

엄마는

그래도 되는 줄 알았습니다

발 뒤꿈치 다 헤져 이불이 소리를 내도

엄마는

그래도 되는 줄 알았습니다

손톱이 깎을 수조차 없이 닳고 문드러져도

엄마는

그래도 되는 줄 알았습니다

아버지가 화내고 자식들이 속썩여도 전혀 끄떡없는

엄마는

그래도 되는 줄 알았습니다

외할머니 보고싶다

외할머니 보고싶다 그것이 그냥 넋두리 인줄만–

　한밤 중 자다깨어 방 구석에서 한없이 소리 죽여

울던 엄마를 본 후론

　아!

　엄마는 그러면 안 되는 것이었습니다

　시인의 세상을 관통하는 단어는 '눈물'이다.

　어느 누가 눈물을 흘려보지 않았겠는가. 아니 눈물 없이 세
상을 살 수나 있겠는가.

　나도 오랫동안 함께 살던 어머니를 보내고 하염없이 눈물을
흘린 적이 있다. 인간의 몸 안 어디에 이렇게 많은 눈물이 있
었을까 싶을 정도였다. 상실의 아픔, 빈 공간의 허전함은 오래
도록 사라지지 않는 불에 덴 자국처럼 기인 슬픔을 남긴다.

　슬픔은 11월의 어느 스산한 가을날 찬 바람처럼 내 마음에
그늘을 드리우고 눈물은 나의 일상과 나란히 앉아 불쑥 말을
건넨다.

　그러나 칠흑 같은 어둠 속에서도 한 줄기 빛을 발견해 내는
것이 시인의 일이라 했던가. 작가는 일상을 잠식해 들어오는

슬픔을 방치하지 않고 눈물꽃을 웃음꽃으로 바꾸는 저력을 보여준다. 눈물을 흘리면서도 웃음 띤 얼굴로, 다가오는 슬픔을 두 팔 벌려 맞이하는 것에 그치지 않고 오히려 '뚜벅뚜벅 슬픔 속으로 걸어 들어감'을 택한다.

시인의 눈물은 또한 정화의 의미를 담고 있다. 폭포수 같은 눈물로 슬픔을 토해내고, 마르지 않는 속죄의 눈물을 흘리고 나면, 마알간 세상이 나를 반기는 체험을 하기도 한다.

그래서 작가의 웃음이 유난히 해맑고 환한가 보다. 호탕하고 맑은 작가의 웃음소리는 주변을 밝게 물들인다. 보는 사람을 즐겁게 해주는 힘이 있다.

굳이 긴 슬픔의 터널을 빠져나오려 버둥대지 않고 삶의 처연함 속에서도 기쁨을 찾아내려 애쓰며 이것이 사는 게야… 하는 작가의 속삭임에 다시 용기를 내보는 날이다.

문득 돌아가신 엄마가 보고 싶을 때 다시 꺼내어 읽어보고픈 시집이다.

- 춘천교구 오세민 루도비코 신부

먼저 심순덕 시인의 새 시집 《눈물꽃》 출간을 진심으로 축하합니다.

시인을 시를 통해서 알고, 노래로 만들어 부른 인연으로 시인의 마음을 알고 엄마를 노래로 부를 수 있어서 좋았습니다.

그 노래 '엄마는 그래도 되는 줄 알았습니다'의 감동이 지금까지도 그대로 쭈욱 이어집니다.

심순덕 시인 시는 가슴에 뭉클함을 줍니다.

마음의 본성을 잘 안다는 이야기고 진심이라는 뜻일 테지요.

원래 시인의 말 한마디, 글귀 한 줄은 가슴을 치고 무릎을 쳐야 하는 거지만요.

그 노래를 부르면서 엄마의 눈물꽃은 자식이란 생각을 했습니다.

눈물이란, 본디 정화요 진실이고 진심이지요.

그것이 떨어져 꽃이 된다면 그것은 시인의 아픔을 승화시키는 감동으로 이어질 것입니다.

종교인들이 가슴을 치며 내 탓이요 내 탓이요, 하며 걷는 모습이 눈물꽃일 게지요.

시인은 이렇듯 늘 사람이 느끼는, 느껴야 하는 대상의 감정을 가슴 깊숙이 감동으로 이끌어 이번에 새로 나오는 시집 '눈물꽃'으로 이어집니다.

다시 한 번 심순덕 시인의 새 시집 《눈물꽃》 출간을 축하하며 그 시가 때론 가슴을 쳐 흐뭇함이 늘 일상에 맴돌게 하는 글귀가 되어, 살아가는 내내 힘이 되었으면 좋겠습니다.

또한 독자들에게 오랫동안 기억되길 두 손 모아 기원합니다.

- 가수 최성수

눈물꽃

1판 1쇄 인쇄   2024년 11월 15일
1판 1쇄 발행   2024년 11월 30일

지은이 | 심순덕
그린이 | 이명선

발행인 | 황민호
콘텐츠4사업본부장 | 박정훈
편집기획 | 신주식 최경민 이예린
마케팅 | 조안나 이유진
제작 | 최택순 성시원
디자인 | 김아름 @piknic_a

발행처 | 대원씨아이㈜
주소 | 서울특별시 용산구 한강대로15길 9-12
전화 | (02)2071-2018
팩스 | (02)797-1023
등록 | 제3-563호
등록일자 | 1992년 5월 11일

ⓒ 심순덕 2024

ISBN 979-11-7288-943-2 03810